LE PETIT CONGRÈS,

OU

LE DINER

DES ELECTEURS.

LE PETIT CONGRÈS,

OU

LE DINER

DES ELECTEURS.

Nunc est bibendum.
HORACE.

A PARIS,

Chez PLANCHER, Libraire, Editeur des OEuvres de Voltaire et du Manuel des Braves, rue Poupée, n°. 7.

1818.

LE PETIT CONGRÈS,

OU

LE DINER DES ÉLECTEURS.

QUATRE Electeurs se rencontrèrent l'autre jour ; ils dînèrent ensemble, et, le verre à la main, parlèrent des affaires publiques, et de ce qu'ils pensaient devoir être fait à la prochaine assemblée. Je suis très-lié avec l'un d'eux; il me rendit mot pour mot leur entretien, et me permit de le publier, si cela pouvait me convenir. Comme leurs intentions sont pures, qu'il ne fut rien dit de contraire aux principes, je pense qu'on ne sera pas fâché de connaître l'esprit qui anime de bons et vrais Français.

La rencontre eut lieu au Palais-Royal et le dîner chez Balaine, au Rocher de Cancale. Je ne les nommerai point, je me contenterai de les désigner par une lettre quelconque. Ils étaient déjà trois réunis, un quatrième arriva, et voici le début :

1

Monsieur A.

Bon jour Messieurs ; la rencontre est heureuse ! vos santés paraissent bonnes, vous avez tous un air de jubilation qui inspire la gaîté.

Monsieur B.

Ma foi, comment ne pas s'y livrer ? les souverains dansent au Congrès.

Monsieur D.

La vendange est bonne.

Monsieur C.

Les alliés !.... Faut-il dire les alliés ?

Monsieur A.

Oui, oui, dites les alliés ; ne chicanons pas sur les mots, ils s'en vont....

Monsieur C.

Eh bien ! soit, les alliés s'en vont ; d'ailleurs nous sommes en paix.

Monsieur D.

Sans cela, nous leur donnerions un autre nom.

Monsieur B.

Mais, comme le dit M. A., ils s'en vont ; ainsi, par la raison que les souverains dansent et s'amusent à Aix-la-Chapelle ; que la vendange est bonne, et que nous voyons d'importuns locataires nous faire leurs adieux, souhaitons-leur un bon voyage, sans exiger qu'ils nous paient leur terme ; et comme il ne nous est pas défendu de nous divertir un peu, et le tout par imitation, allons dîner ensemble.

Messieurs A., C., D.

Volontiers.

Monsieur B. *(en riant.)*

Il y a de l'écho par ici.

Monsieur A.

Aussi bien j'ai un appétit d'enragé.

Monsieur C.

Je vous en livre autant.

Monsieur D.

Et moi, je fais chorus.

Monsieur B.

Eh bien, partons ! il est cinq heures, ni trop tôt ni trop tard. Où irons-nous ? nous voici au Palais-Royal, c'est l'embarras du choix.

Monsieur A.

Si vous m'en croyez, dirigeons-nous vers le Rocher de Cancale, ces lieux inspirent la gaîté ; c'est là que se réunissaient les successeurs de Panard et de Collé, le restaurant n'a pas moins de renommée, notre appétit doublera, le vin nous inspirera.

Monsieur B.

Allons, Messieurs, ne perdons pas un instant.

Monsieur C.

Nous jaserons en marchant, et le chemin nous semblera plus court.

Monsieur D.

Vous avez raison ; on dit cependant que ventre affamé n'a point d'oreilles.

Monsieur A.

C'est cela ; la conversation se monte sur le ton plaisant, c'est d'un heureux augure.

Monsieur B.

Comme nous allons nous en donner !

Monsieur A.

Il y a long-temps que je ne me suis mis en goguettes.

Monsieur D.

Ni moi ; ma foi, vive la joie ! *(Ils arrivent.)*

Monsieur A.

Bonjour M. Balaine : faites-nous ouvrir un cabinet pour quatre, ensuite à dîner ; traitez-nous comme des gastronomes, le vin comme pour des gourmets ; vous m'entendez. Montons Messieurs.

Monsieur B.

Vous vous entendez à commander un repas ; vous employez les mots propres, et vous êtes laconique. *Multum in paucio.*

Monsieur C.

Pour moi, je vous abandonne les ordres ; je me charge de l'exécution.

Monsieur D.

Et moi aussi ; je compte bien faire l'éloge des morceaux en mangeant.

(Ils sont dans la chambre ; on les sert.)

Monsieur A.

L'appartement est joli, fraîchement décoré ; c'est cela.

Monsieur B.

Asseyons-nous.

Monsieur C.

Attaquons. L'odeur de ces mets flatte mon odorat, le goût y répondra sans doute.

Monsieur D.

Je l'espère ; instrumentons.

Monsieur A.

Goûtons le vin.

Monsieur B.

Appuyé : délicieux !

Monsieur C.

Le champ de bataille est là.

Monsieur D.

Allons, Messieurs, nous sommes en présence, plus de retard.

Monsieur A.

C'est cela. (*Il se fait un moment de silence.*)

Monsieur B.

Nous sommes devenus muets ; il est vrai que c'est le premier coup de feu ; mais tout en mangeant nous pourrions jaser.

Monsieur A.

Ensuite les morceaux *caquetiés* se digèrent mieux.

Monsieur D.

Que dit-on des affaires publiques ?

Monsieur A.

Voilà de quoi nous évertuer ; *in vino veritas*. Nous pourrons parler tout à notre aise et traiter ce sujet à fond.

Monsieur B.

Nous allons être appelés à discuter les intérêts du peuple, peut-être même il y en aura quelques-uns d'entre nous qui siégeront à la Chambre des députés.

Monsieur C.

Cela pourrait bien arriver.

Monsieur D.

Il n'y aurait rien d'extraordinaire. Mais pour éclaircir nos idées, si nous buvions? puisque, comme l'a dit notre collègue, les souverains s'amusent au Congrès, les alliés s'en vont, les vendanges sont belles, buvons !

Monsieur A.

Buvons et entamons la discussion, mais tranquillement, sans passion, sans humeur, point d'esprit de parti, du sang froid, du calme.

Monsieur B.

Celui qui s'échauffera paiera l'amende.

Monsieur C.

J'y consens.

Monsieur D.

Rien n'est plus dangereux que ce qu'on appelle esprit de parti; et malheureusement, c'est lui qui domine, nous en avons la preuve; dans nos colléges électoraux, la scission est marquante.

Monsieur A.

Et chacun veut l'emporter sans songer que tout cela préjudicie au bien général: l'animosité s'en mêle ; et qui souffre? le peuple. Ne me parlez pas des gens qui veulent être quelque chose dans le gouvernement pour faire triompher telle ou telle opinion.

Monsieur B.

On ne peut cependant se dissimuler, qu'il en est ainsi dans ce moment ; car on compte quatre partis bien distincts : *les ultrà, les constitutionnels, les ministériels* et *les libéraux*.

Monsieur C.

Et de ces quatre, quel est le meilleur ? si tant est qu'on doive donner la préférence à l'un d'eux.

Monsieur D.

Et pourquoi adopter l'un plutôt que l'autre ? Je voudrais qu'on n'accordât son estime et sa confiance qu'aux hommes qui ne sont animés d'aucune autre passion que celle du bien public.

Monsieur A.

Et qui nous dit qu'ils n'en sont pas animés ; qui prouvera qu'un de ces partis, que vient de désigner votre ami, n'est pas essentiellement celui de ces principes sacrés sur lesquels reposent les droits du peuple et le bonheur social ? Pour nous mettre à même d'en juger et de savoir la marche que nous devons tenir et sous quelle bannière nous devons nous ranger à l'époque des élections, sachons quels sont ceux qu'il serait le plus avantageux d'investir de notre confiance en les honorant de notre choix. Quant à moi, j'avoue franchement qu'occupé de mes affaires, je suis étranger à tout ce qu'on appelle : *coterie*, *parti*.

Monsieur C.

Et moi aussi; je lis le journal au café, en prenant une demi-tasse. Je ris en écoutant tel ou tel qui discute les intérêts des nations, ou qui fait marcher une armée en rangeant des domino, et qui se croit un grand tacticien; au reste, je leur passe ce petit ridicule, car nous avons chacun les nôtres.

Monsieur D.

C'est fort bien; mais nous sommes dans une position tout-à-fait différente : d'ici à quelques jours, nous allons nous réunir: que notre ami B, qui, sans vanité, est plus versé que nous dans la politique, nous fasse connaître quels sont les quatre classes d'hommes qu'ils nous a signalés, et nous verrons après le parti que nous devons prendre ou suivre.

Monsieur A.

Bravo ! c'est mon avis.

Monsieur C.

Et le mien aussi.

Monsieur B.

Eh bien ! va comme il est dit. J'ai à-peu-près dîné, ainsi je vais parler. Je me constitue d'après vous l'orateur de la bande joyeuse, et je vais sans passion, sans fiel et sans partialité, vous peindre de mon mieux *les ultrà*, *les constitutionnels*, *les ministériels* et *les libéraux*.

Monsieur D.

Ce sera un peu long. Commençons l'antienne, si vous m'en croyez, par faire sauter le bouchon de cette bouteille : un verre de vin pris à propos éveille les idées, fouette l'imagination, donne plus de force, plus de vivacité à la pensée, les expressions arrivent avec plus d'abondance, plus de netteté, de précision ; et si, comme dit la chanson, un soldat qui a bien bu en vaut quatre, un orateur qui a fait la même chose avec modération peut en valoir deux.

Monsieur A.

Buvons-donc !

Tous.

Buvons. *(Ils boivent.)*

Monsieur C.

Allons, mon ami B....., nous sommes toute oreille.

Monsieur B.

J'entre en matière...... Je commence par les *ultrà*. Ceux auxquels on a cru devoir donner ce titre, sont ces hommes entichés de cette fausse doctrine qui leur persuade que leurs ancêtres ayant guerroyé contre les Sarrasins, dans la Palestine, et leur ayant légué un vieux château avec pont-levis, tourelles et mâchicoulis, plus, un nom qui a pu être illustre, ils ont le droit de faire revivre des droits, des titres que l'ignorance ou la faiblesse avaient laissé subsister, mais que la raison et les lumières réprouvent; n'ayant, pour soutenir leurs prétentions, qu'un sot orgueil, sans moyens ni talens, qu'une opiniâtreté étayée par un certain nombre d'individus qui se laissent éblouir par les débris d'une vaine grandeur, dont l'éclat n'est pas même celui du phosphore. Les *ultrà*, mes bons amis, dont l'imagination voyage sans cesse dans le pays des chimères, voient le mal où il n'existe pas, créent des fantômes semblables à ces êtres fantastiques enfantés par le débile cerveau d'un homme tourmenté par la fièvre; et, dignes successeurs du héros de la Manche, ils voient partout des géans à pourfendre, des torts à redresser, et des abus à détruire. Et quels moyens proposeroient-ils pour remédier à tout ce qui les offusque? d'être chargés exclusivement d'y pourvoir, d'organiser un gouvernement à leur guise; c'est-à-dire, de nous plonger dans le chaos. Incapables de raisonnement, parce que la passion ne calcule rien, les moyens les plus extrêmes leur semblent encore trop doux ; les lois les plus sages, la Charte enfin ne leur convient plus : elle était jadis leur cri de ralliement, leur mot d'ordre ; celui dont elle est l'ouvrage, le Roi, devant lequel ils se prosternaient, qui était leur Dieu, leur idole, eh bien, tout ce que les mortels ont de plus sacré, de plus respectable, n'est plus rien pour eux : et pourquoi ? parce qu'on ne veut pas s'abandonner, se livrer à eux. Quels pilotes sages et éclairés nous aurions eu ! Quels fléaux inonderaient la France ! Que de plaies à peine cicatrisées se r'ouvriraient encore :

Monsieur A.

Et quelle mouche les pique ?

Monsieur B.

Ma foi, je n'en sais trop rien : j'en ai vu quelques-uns. Les chefs de files, les coryphées du parti qui, d'abord, montrèrent assez de talent, quoiqu'il fût par-ci par-là, bardé de *pathos*, que leurs écrits fussent un peu amphigouriques, et que la profondeur des pensées ne fût souvent que de l'obscurité ; on voulait bien leur passer cela, par la raison qu'en philantropie il faut aimer ses semblables avec leurs bonnes et mauvaises qualités, et que des ridicules et des travers ne blessent pas ne font pas même la moindre contusion : Comme ils ont vu que ce moyen leur réussissait, qu'on ne suspendait pas leur prud'hommie, et qu'on se disait : il y a plus d'innocence que de malice dans leur fait, alors ils ont pensé que nos yeux étaient fascinés au point de ne voir qu'à travers leurs bésicles, et que nous n'oserions penser, agir, aller, venir, que par leur ordre ou leur permission. *Latet anguis in herbâ*, dit un proverbe latin ; leurs empiétemens, leurs projets, leurs écrits publics ou clandestins, nous ont tiré de cette espèce d'indifférence dans laquelle nous avait plongés l'idée que nous avions de l'insuffisance de leur nullité. Il n'y a point de petits ennemis, dit La Fontaine, dans sa fable du Lion et du Rat ; il en est de même de nos *ultrà*, ils voulaient se cabrer, devenir quelque chose : simples et rampans, marchant terre-à-terre courbés et presque imperceptibles, à peine s'appercevait-on de leur existence ; mais, comme Potier, *ayant ce qu'on appelle des jambes à succès*, ils ont fait un premier pas : on ne les a pas arrêtés, c'était par un sentiment de pitié : eh bien, qu'en est-il résulté ? ils n'ont plus douté de rien : *audacieux et fluets, et l'on arrive à tout*, se sont-ils écriés ; *en avant marche* ; et ils ont recruté partout des auxiliaires, et après avoir rêvé le mal, le désastre, la désolation, ils ont voulu nous régaler de la réalité, tout en protestant de la pureté de leurs intentions, de leur respect pour les lois, qu'ils voulaient détruire, anéantir, et de leur amour pour le souverain dont ils menaçaient l'existence.

Monsieur C.

Savez-vous bien, mon cher B......., que ce tableau n'est rien moins que gai, et les couleurs avec lesquelles vous peignez ces *ultrà* ne me les offrent pas sous un jour très-favorable.

Monsieur B.

Je vous les montre cependant tels qu'ils sont.

Monsieur D.

Et que sont-ils devenus ?

Monsieur B.

On a paralysé tous leurs moyens autant que possible ; cependant ils ont fait du mal, et beaucoup : dans certaines contrées, il y a eu des victimes, et en grand nombre ; et ces hommes qui se montrèrent les plus sincères amis du roi, en apparence, en seraient devenus. . . . .

Monsieur A.

Achevez, mon ami.

Monsieur B.

Non ; réduits à l'impuissance, conspués, méprisés, appréciés à leur juste valeur, ils ressemblent à ce renard de la fable qui avait la queue coupée.

Monsieur A.

Et comment les reconnaître ?

Monsieur D.

Oui, donnez-nous leur signalement.

Monsieur B.

Ce sont ces caricatures ambulantes, à la tournu rehétéroclite, au teint décoloré, à la figure have, flétrie et décharnée, à l'air mystérieux et confidentiel ; les originaux sont dans les rues, et les copies à la boutique de Martinet : et vous en verrez dans nos assemblées.

Monsieur A.

Je ne leur donnerai pas ma voix.

Messieurs C. D.

Ni moi. — Ni moi.

Monsieur B.

Ni moi ; ainsi leurs moyens de nuire sont nuls.

Monsieur A.

Nous mettrons donc les ultrà de côté.

Monsieur D.

Appuyé et arrêté. Pour les couler tout-à-fait à fond, buvons à leur déroute.

Monsieur B.

C'est mon avis. (*Ils boivent.*)

Monsieur A.

Allons, tandis que nous sommes en train, passons en revue les constitutionnels.

Monsieur C.

Notre ami va se fatiguer.

Monsieur D.

Bah ! bah ! ce n'est rien, le vin est tiré, il faut le boire ; M. l'orateur, nous vous écoutons.

Monsieur B.

Les constitutionnels, sans avoir des desseins aussi pervers, ne sont pas moins dangereux ; ils voudraient mitiger, modifier les lois fondamentales de l'État, de manière à ce qu'ils fussent le grand ressort qui donnerait l'impulsion à la machine, et en accélererait ou arrêterait le mouvement de rotation, suivant l'influence qu'on voudrait leur accorder. Sans aucune volonté d'abord, leur docilité les ferait prendre pour des néophites; le ton doux, mielleux, l'œil caressant, le maintien modeste, rien ne pourrait faire soupçonner leurs intentions, ni leur bonne foi; mais bientôt plus entreprenant, avec un certain air qui annoncerait de la défiance d'eux-mêmes, ils proposeraient des réformes, des changemens; et si l'un paraissait douter de la réussite et de l'efficacité des moyens, ils se chargeraient de l'exécution, et nous n'aurions échappé aux *ultrà* que pour être la proie de ces constitutionnels, qui, avec des formes moins acerbes et de soi-disant palliatifs, ne nous plongeraient pas moins dans l'abîme.

Il serait facile de se tromper sur leur compte, ils invoquent à chaque instant la Charte; ce mot est le refrain de tous leurs discours, de toutes leurs phrases, et ils emploient les raisonnemens les plus captieux afin de prouver qu'ils veulent la soutenir, la défendre avec autant de soin que les Vestales conservaient le feu sacré. Mais leurs principes, leurs intentions sont trop connues pour s'y laisser prendre. Le titre qu'ils prennent ne peut en imposer qu'aux gens crédules, aux ignorans, aux gobes-mouches et à ceux qui veulent être trompés avec connaissance de cause; ce ne sont pas encore là les moins dangereux. Les constitutionnels, tels que nous les désignons, ne doivent pas être confondus dans la foule de ces écrivains dont la réputation est éphémère comme leurs écrits : ils ont des talens, des connaissances, un style brillant, une logique serrée ; mais la cause qu'ils défendent est si mauvaise que leurs moyens deviennent nuls. Ils ont déjà livré à l'impression et lancé dans le public le *prospectus* (1), d'un ouvrage périodique, espèce de manifeste qui annonce la lutte qui va s'établir entre eux et d'autres écrivains justement estimés, mais forts de leurs consciences, et couverts d'une égide impénétrable aux traits de leurs adversaires : on peut assurer d'avance que le triomphe le plus éclatant sera le partage des derniers.

Les constitutionnels de nouvelle fabrique doivent donc être repoussés par tous les vrais amis de la patrie et du bien public. Quelques-uns peut-être ont joui, pendant quelque temps, d'une considération qu'ils paraissaient mériter; on les avait cru sur parole : on ne soupçonait pas que l'ambition était le seul véhicule qui les faisait agir. Le masque est tombé, leurs traits n'ont plus offert que toute la difformité de l'égoïsme et de l'intérêt personnel. Le mépris, l'avilissement sont le seul prix qu'ils ont retiré de leur duplicité; qu'ils fuient donc à jamais

---

(1) *Le Conservateur.*

marqués du sceau de la réprobation, et gardons-nous de leur accorder notre confiance et de fixer notre choix sur des êtres démoralisés !

Monsieur A.

Défions-nous donc encore de ceux-là.

Monsieur C.

Et c'est, je crois, être sage.

Monsieur D.

Et ce principe est la mère de sûreté. Avouons qu'il faut avoir un grand discernement, une grande sagesse et un jugement bien sain, pour échapper aux piéges qu'on nous tend ?

Monsieur B.

Le passé doit être une grande leçon pour l'avenir; et si nous savons en profiter et mettre en usage les leçons de l'expérience, ce sera une égide salutaire qui nous préservera de nouvelles crises politiques, qui rétablira l'harmonie dans la société. La confiance dans le commerce et les transactions en propriété publique, et le bonheur particulier, seront la récompense de nos constans et courageux efforts. Continuons.

Monsieur A.

Aux ministériels.

Monsieur C.

Oui.

Monsieur D.

Mettons ces messieurs dans le creuset; mais, comme cette opération peut nous animer, causer quelque chaleur, pour parler métaphoriquement, buvons, buvons avant que la matière soit en fusion.

Monsieur A.

Allons, point de délire; ce vin est délicieux, il nous donnera des forces pour écouter et doubler le plaisir que nous aurons à entendre notre collégue.

Monsieur C.

C'est qu'il assaisonne son discours de réflexions piquantes qui font ressortir le sujet principal. Un verre de Champagne.

Monsieur B.

Ami, un verre de Champagne; ensuite vous m'accorderez un peu d'attention, si vous le jugez à propos.

Monsieur A.

Comment donc, mon ami, vous la captiverez toute entière (*Ils boivent*).

Monsieur B.

C'est du nectar : quel banquet! O, mes amis, qu'on est heureux d'être Français pour sabler un si bon vin! Esquissons d'abord le portrait des ministériels ; j'ai trouvé quelque part un article qui les concerne, et je vais vous en *régaler*. Comme il m'a frappé, je l'ai retenu mot pour mot. Voici ce que l'auteur dit de ces messieurs :

« *Ministériels*, morceau de pierre qui se » laisse façonner à la volonté de chacun des » ouvriers dans les mains desquels il passe ; » qui tantôt représente la statue du Silence, » tantôt celle de l'esclave délateur, selon » l'emploi auquel on le destine.

» Balon qui rebondit plus ou moins, selon » le vent dont il est rempli.

» Planche de liége dont se servent les na- » geurs pour se soutenir sur l'eau, et qui re- » vient toujours au port quand les premiers » ont fait naufrage.

» Acteur qui répète fidèlement tout ce que » le souffleur lui dicte.

Monsieur A.

Diable ! si le portrait est ressemblant, quelle peste que ces messieurs, et comment souffre-t-on de tels gens dans la société ?

Monsieur B.

On les tolère, mon ami, on les caresse même, on les accueille tout en les méprisant : c'est une faiblesse, une bassesse même, pour trancher le mot; mais, comme souvent nous n'avons pas assez de caractère, assez de fermeté pour dire en face à un homme, vous n'êtes qu'un être vil, on se contente de le penser, de le souffler quelquefois tout bas à ceux qu'on croit ses amis; puis on sourit à celui dont on craindrait de toucher la main: voilà quelle est la franchise de la plupart des hommes.

Monsieur C.

Pourquoi agir ainsi?

Monsieur B.

Pourquoi? Je vais vous le dire. Ces ministériels sont des agens adroits, insinuans, qui ont ou qui n'ont pas l'oreille de ceux dont ils invoquent sans cesse le nom; mais, comme ils font tout pour le persuader; et *que dans le vaste champ de l'intrigue il faut tout ménager jusqu'à la vanité d'un sot*, on a pour eux des égards. Il est presque prouvé que la grande majorité de ceux qui portent ce titre n'approchent pas de l'autorité, qu'ils sont seulement factionnaires dans l'antichambre. N'importe, leur jactance, leur vanité en imposent à ceux qui croient avoir besoin de leur protection pour postuler un emploi qu'ils n'obtiendront jamais; et c'est à cet espoir qu'ils doivent quelques considérations momentanées. Il faut les voir lorsqu'ils descendent de chez un ministre ! il semble que le vent de la faveur les pousse ; et pas du tout, ils ont seulement caressé dans l'antichambre. la levrette ou le danois qui jappent devant la voiture ; ils les reconnaîtront, battront la queue en les voyant ; que faut-il de plus ? Ils auront l'air d'être de la maison. Si par hasard, ce qui peut fort bien arriver, ils recevaient une invitation pour assister à une soirée, voire même à un dîner, ils n'y peuvent plus tenir, les cent bouches de la Renommée ne suffisent pas pour annoncer, publier cet honneur insigne. Le jour, l'heure sont arrivés : rendus les premiers, il n'est pas un individu *convié* ou invité auquel ils ne s'adressent, auquel ils ne déclinent leurs noms, titres, qualités, vrais ou empruntés, et le chapitre de leur crédit, de leur influence ; à les entendre ils manient le chef comme une cire molle ; et la péroraison de ce discours est l'offre de leur crédit, de leur protection, à des conditions, des clauses qu'il est facile de deviner. Qu'il suffise de savoir qu'elles ne sont pas gratuites.

Monsieur C.

Quelle espèce de confiance peuvent et doivent inspirer des gens d'un caractère aussi vénal, et pourquoi ceux dont ils se sont établis les courtisans les accueillent-ils ? en vérité, ils se compromettent eux-mêmes; et comme il est impossible de frotter un morceau de fer sur l'aimant sans qu'il acquière un peu de sa vertu attractive, le moindre point de contact avec ces pieds-plats doit nécessairement imprimer quelques souillures.

Monsieur B.

Vous avez raison, mon cher collègue ; si je vous parle de ces individus, ce n'est pas qu'ils aient la moindre influence aujourd'hui.

Ils sont passés ces jours de fêtes.

Nous ne sommes plus aux temps où les dépositaires de l'autorité avaient besoin d'une clientelle de prôneurs dans la prospérité, d'appuis, de soutiens pour parer les échecs, les revers, ou garantir des chutes.

Aujourd'hui, ceux qu'un gouvernement juste et réparateur a investis de sa confiance, se rappellent sans cesse que le sort de l'État et du prince dépendent d'eux, et ils s'oublient pour songer à leurs places et aux devoirs qu'ils ont à remplir ; aussi l'intrigue, la flatterie et la corruption n'ont aucun accès. Ceux que je vous ai signalés n'en existent pas moins ; ils assiégent toutes les issues, toutes les avenues, sans pouvoir pénétrer, il est vrai, mais ils sont tenaces ; semblables à M. l'Espérance, du Solliciteur, rien ne les rebute, et dans ce moment, ils chercheront sans doute à faire valoir ce qu'ils étaient dans le passé pour faire des dupes au présent. Il faut donc se mettre en mesure, et les éconduire doucement, en leur faisant sentir que leur crédit nous est aussi inutile que leurs moyens sont nuls.

Monsieur D.

Mais, dites-moi encore un peu, pourquoi tant de versatilité chez les hommes de toutes les classes de la société ?

Monsieur B.

Je vais répondre à votre pourquoi ; parce qu'il n'existe pas d'esprit public en France.

Il tourne au moindre vent, il tombe au moindre choc.

Il est aussi mobile que le thermomètre de Chevalier, plus variable que le cours des effets publics à la bourse. Et d'où naît ce défaut, ce vice et cette dégradation de soi-même ? de l'intérêt particulier, de l'égoïsme, du luxe, de l'envie de briller, de tous les maux qui affligent maintenant la société, et qui font que le bien public et l'intérêt général sont comptés pour rien : parce que les avantages du moment, ou ceux que nous laisse entrevoir l'avenir sont la boussole de nos actions et le gouvernail qui nous dirige. Il fut un temps où ces métamorphoses ne s'opéraient pas aussi subitement, où l'on se donnait encore la peine de *louvoyer;* avant que d'afficher un changement total, on sondait l'opinion, on la préparait doucement, afin de l'accoutumer, de la familiariser avec les contrastes. Aujourd'hui on est moins timide : pour prouver qu'on n'a cessé d'avoir un caractère à soi, toutes les subtilités du raisonnement et de la logique sont employées pour démontrer que la raison le voulait ainsi : on cite à l'appui, l'exemple de tels ou tels qui font autorité ; vient ensuite le chapitre des considérations particulières, de la fortune, des enfans, des parens qu'il faut produire, élever, seconder. L'homme le plus sévère sur les principes est ébranlé, finit par se rendre, approuve d'abord du geste, ensuite prononce à haute et intelligible voix : *Vous avez eu raison.* Ce qui lui paraissait le matin une bassesse, le soir est une vertu ; et s'il ne suit pas encore l'exemple de celui que naguères il frondait, c'est que l'occasion lui manque ; et si elle se présente, croyez-vous qu'il la laissera échapper? Non, certainement. Tel est maintenant l'esprit public en France. L'impérieux *moi* est tout ; il est le dieu qu'on encense ; c'est à lui qu'on dresse des autels ; il ne trouve point de rebelles, d'opposans : c'est à qui se rangera sous sa bannière.

Gardons-nous des ministériels, de tous ceux qui leur ressemblent ; de ces girouettes, qu'un dîner, un coup-d'œil, un mot, un geste, font virer de bord ; et qui, dignes pendans de M. le chevalier *Primat Lupus*, qui sans avoir la prétention de se mettre au rang des écrivains (car, dit-il, publier un petit mot en passant n'est pas vouloir être auteur) ; M. *Primat Lupus* n'en vient pas moins de publier une brochure ayant pour titre : *Un mot aussi, puisque la presse est libre* ; aussi modeste que pur dans ses principes, dit un journaliste, voici un passage de sa profession de foi :

Je déclare que je fus toujours royaliste, républicain et libéral.

Royaliste, avec les monarques bien intentionnés ;

Républicain, pour tout ce que j'ai jugé être dans le bien, dans l'intérêt ou dans l'avantage réel des peuples ;

Et libéral, en tout ce qui était d'une liberté sage et prudente.

Vous voyez que M. le chevalier *Primat Lupus* a crié, d'après l'à-propos : *Vive le Roi ! vive la Ligue* ! Tels sont ceux que nous devons mettre *à rémotis* avec les *ultrà*, les *constitutionnels* aux *châteaux en Espagne*, et les *ministériels* dont je viens de vous entretenir.

Monsieur A.

C'est mon avis.

Monsieur C.

Et le mien.

Monsieur D.

Je fais *chorus*. Et buvons ensuite avant d'entamer le chapitre des libéraux.

Tous.

Buvons !

Monsieur B.

Nous voici au dessert, et avant de prendre le café, occupons-nous des *libéraux*. Nous sommes déjà d'accord sur les trois premiers points, aucuns de ceux dont nous nous sommes entretenus ne peuvent nous convenir. Serons-nous plus heureux pour le quatrième ? Ne donnons rien à la prévention, que la raison seule nous guide : c'est le moyen de ne point s'égarer et de ne point avoir de regrets.

Monsieur A.

Nous n'avons rien à nous reprocher, nous ne jugeons que sur des faits, sur des preuves, la vérité nous anime. Chez nous, c'est l'amour du bien, le désir de voir nos intérêts confiés à des mains pures.

Monsieur C.

Avec de tels principes la conscience est en repos.

Monsieur D.

On peut marcher tête levée.

Monsieur B.

Je vais donc vous entretenir des *libéraux*, je ne crains point d'être contredit. Les hommes qui sont réellement dignes de ce titre ont l'âme grande, le cœur généreux; aucun sacrifice ne leur coûte pour assurer le bonheur de leurs semblables, leur conduite est la philantropie en théorie et en pratique; ils ne peuvent entendre le récit d'une belle action, sans éprouver la plus douce et la plus vive émotion, et sans manifester la volonté de l'égaler, de la surpasser même si cela est possible.

Monsieur A.

Ce début me prévient en leur faveur.

Monsieur C.

Il me donne envie de faire une plus ample connaissance avec eux.

Monsieur D.

Je vous en livre autant, continuez mon cher B....

Monsieur B.

Je vois que mon préambule vous a éblouis. Je veux justifier vos espérances, en appuyant mon récit par des faits, par des preuves, en vous faisant connaître les hommes qui méritent par excellence le titre de libéraux, et qui pourraient à tous égards fixer notre choix et figurer avec autant d'honneur pour eux que d'avantage pour nous, parmi nos législateurs. Je dois nécessairement la priorité à ce vétéran de la gloire (1) et de la liberté, qui, jeune encore, affronta les tempêtes, pour aider un peuple généreux à sortir de l'esclavage et mériter l'amitié d'un guerrier législateur, dont le nom vivra dans la mémoire des hommes, tant que la vertu unie au courage et à la grandeur d'âme, trouvera des admirateurs. Celui dont nous parlons, imbu des mêmes principes, dont le germe était dans son cœur, revint dans sa pâtrie ; il voulut éclairer ses concitoyens sur les dangers qu'ils pourraient courir si leurs premiers pas dans la révolution étaient marqués par des excès : on ne voulut pas l'entendre, il en résulta des maux incalculables. Il se mit à la tête de nos braves et les conduisit à la victoire; mais ses intentions furent bientôt envenimées,

(1) M. de La Fayette.

il se vit contraint de quitter sa patrie pour échapper à la rage des bourreaux, des fers l'attendaient. Les faveurs de la fortune, les lauriers de la gloire, ne l'avaient point enorgueilli ; il supporta sa captivité avec cette fermeté stoïque que l'homme juste oppose aux coups du sort. De retour dans sa patrie, il refusa des honneurs, des dignités dont la source ne lui paraissait pas assez pure. Aujourd'hui il figure parmi ceux qui sont appelés à soutenir et défendre nos droits : qui mieux que lui peut remplir cette honorable tâche ? Son expérience, ses talens, ses connaissances, sa sagesse, tout nous dit ce qu'il est en état de faire pour assurer notre bonheur.

Il en est un qui n'est pas moins recommandable : politique profond, ses ouvrages doivent être le *vade mecum* de tous ceux qui veulent connaître et discuter les intérêts des peuples. La manière dont il a analysé les opérations des Chambres pendant les sessions de 1816 et 1817 ; son cours de politique constitutionnelle ; les avis qu'il donne aux électeurs ; les articles dont il enrichit *la Minerve* annoncent un homme aussi éclairé que sage ; son ambition est celle du bien public ; son amour celui des principes ; ses vœux pour la propagation des lumières, de la liberté individuelle, limitée par la Charte et maintenue d'après ses bases. Voilà encore un de ceux qui honoreront (1) le peuple, dont il obtiendra le suffrage.

Un nom cher à la victoire et à la liberté nous rappelle celui qui, jeune encore, déploya des connaissances administratives qui étonnèrent; elles se trouvèrent unies à une grande fermeté d'âme et à un courage à toute épreuve. Ami des principes et de la Charte, il a prononcé des discours que les hommes d'Etat les plus éclairés ne désavoueraient pas : il ne craignit pas de prendre seul la défense d'un guerrier dont il estimait le courage. Il a toujours professé des principes libéraux qui l'honorent (2).

Résister à l'autorité suprême, et encourir une disgrâce plutôt que d'exécuter un ordre illégal et arbitraire, est un trait de caractère qui honore celui qui en est l'auteur. Parler le langage de la vérité et de la raison et combattre des projets attentatoires aux droits du peuple avec la certitude d'être écouté défavorablement par quelques individus que la lumière offusque, est le moyen le plus sûr de se con-

---

(1) M. Benjamin de Constant. — Ses ouvrages se trouvent chez Plancher, libraire, rue Poupée, n. 7.

(2) Le duc de Broglie (Victor).

cilier l'estime et la reconnaissance de sa patrie, et ce tribut flatteur est la récompense qu'ambitionne celui dont nous parlons (1).

Le budjet, la liberté de la presse, ont fourni l'occasion à l'un de nos législateurs de développer les idées les plus saines et les vues les plus profondes ; il a jeté un grand jour sur l'administration des finances et sur les ressources que peut trouver le gouvernement dans une sage économie. Guidé par la philantropie, il est beau de voir celui qui est à la tête de l'administration de la Banque de France, étayer de son crédit et de ses lumières toutes nos opérations de finances, et tendre en même temps une main tutélaire et protectrice à l'infortune et au malheur ! (2)

Les finances et la liberté de la presse, ces deux grands ressorts des gouvernemens, ont occupés successivement les hommes les plus éclairés que les *libéraux* comptent dans leurs rangs. Leurs opinions, émisent avec précision et loyauté, ont fait jaillir des lumières qui peuvent guider dans leur marche ceux auxquels l'administration est confiée, et c'est une obli-

---

(1) M. le Voyer-d'Argenson.

(2) M. Lafitte.

gation que nous avons à l'un des plus recommandables citoyens de la capitale (1).

Il m'est impossible de vous désigner d'une manière particulière, tous ceux qui figurent avec distinction parmi les *libéraux*, par leurs talens, leurs connaissances, leur probité et leur patriotisme aussi pur qu'éclairé; je me contenterai de vous faire connaître leurs noms; le prononcer, c'est faire leur éloge, et tous les amis du bien public seront, ainsi que vous, de mon avis (2).

Monsieur A.

Nous n'avons point d'objections à vous faire contre ceux dont vous venez de vous parler; nous désirons, au contraire, qu'ils réunissent les suffrages de tous ceux qui ne tiennent à d'autre parti qu'à celui qui, ami des principes, veut que le peuple jouisse de ses droits en respectant le souverain chargé de les maintenir au-dedans et de les soutenir au-dehors.

Monsieur D.

Si la Chambre des représentans ne compte

(1) M. C. Perrier.

(2) MM. Daunou, Dupont (de l'Eure), Gros-Davilliers, Bignon, Chappe, directeur du Télégraphe; Thoré-Chondet (de la Sarthes.)

dans son sein que des législateurs tels que ceux dont nous venons de parler, nous pouvons rendre grâce au destin.

Monsieur C.

Je suis persuadé qu'il n'y aura point de scission dans l'assemblée, et qu'il existera unité d'actions et de volonté entre tous les pouvoirs. Quelle heureuse et douce harmonie ! Continuons notre examen : il ne tire pas à conséquence pour le public, mais il est très-intéressant pour nous. Parlez, mon ami B.

Un orateur distingué (1), législateur profond, jurisconsulte éclairé, a déjà figuré avec avantage parmi nos représentans. Aucun genre de gloire ne lui est étranger ; il a suivi pendant quelque temps la carrière des armes, et quittant l'épée pour la toge, il a écrit en faveur de deux de nos plus illustres généraux. Ce noble dévouement lui fait honneur ; les yeux des amis de la liberté et du gouvernement qui la protège sont fixés sur lui : il est digne de leur suffrage.

Monsieur A.

Et par cette raison du nôtre.

---

(1) M. Manuel.

Monsieur D.

Si j'ai quelque influence, j'en ferai usage en sa faveur.

Monsieur C.

Je commençais à me désoler; mais notre ami B nous avait gardé ce qu'il avait de meilleur pour la fin du repas; je lui sais gré de cette attention, nous resterons sur la bonne bouche.

Monsieur B.

Un instant il en est encore un (1). Ennemi de tout ce qui tient à l'oppression, aucune considération n'a jamais pu l'empêcher de manifester son opinion; et elle fut toujours dictée par la sagesse et la raison. Sa franchise, sa probité, ses connaissances et ses talens lui ont concilié l'estime générale; c'est, je crois, vous en dire assez. Maintenant, mes amis, choisissez: quel parti voulez vous adopter? qui vous paraît digned e votre suffrage?

Monsieur A.

Je me fais libéral. Il n'y a pas grand' chose à faire pour opérer cette métamorphose, je l'étais déjà un peu.

Monsieur C.

Je me range sous la même bannière.

---

(1) M. Lambrechts.

Monsieur D.

Pour moi, quand je vois la raison, la justice et la vertu réunies, comment ne pas s'y soumettre? Les libéraux trouveront toujours en moi un de leurs plus zélés partisans.

Monsieur B.

Nous sommes d'accord, plût à Dieu que tout le monde nous ressemblât! Il serait bien temps de mettre de côté les haines, les passions, les prétentions de tous les genres. Quand nous serout parvenus à ce point, c'est alors que nous serons parfaitement heureux; car le bonheur ne peut exister sans l'union et la concorde.

Monsieur A.

Mais nous n'avons pas dit un mot de la liberté de la presse, c'est un objet assez essentiel pour s'en occuper un moment avant de nous quitter: la séance de notre Petit Congrès deviendra complète; allons, notre ami B, une petite digression sur cette matière, je vais demander un *bol* de punch, et nous l'épuiserons en même temps.

Monsieur B.

Justement, pendant que vous me parliez, il m'est tombé un journal sous la main, annonçant plusieurs ouvrages. Je vais vous satisfaire.

La liberté de la presse assurée par l'art. 8 de la Charte, en se conformant aux lois et aux principes dictés par la sagesse et la raison, est en même temps la sauve-garde du pouvoir et des droits du peuple. Quelques personnes voudraient alarmer le gouvernement et lui faire sentir que son salut dépend de sa répression totale; chimère, erreur, ignorance qu'une telle manière de voir. Un gouvernement serait donc bien faible, établi sur des bases bien fragiles, si quelques écrits pouvaient l'ébranler ou lui donner seulement la moindre inquiétude; dès que la justice et la vertu sont sur le trône, on ne peut rien avoir à craindre : nous en sommes la preuve. Les dépositaires de l'autorité doivent se montrer plus grands, plus généreux, plus confians dans leurs propres forces. Leur indifférence dans certaines occasions prouverait leur puissance et inspirerait plus de vénération et d'attachement que les châtimens ne causent de frayeur. Je vais vous citer quelques exemples à l'appui de ce que j'avance.

Sous le règne de Louis XII, nommé à juste titre le père du peuple, des comédiens s'avisèrent de représenter une pièce pour se moquer de la respectable avarice du roi. Il ne souffrit pas qu'on les punît, et dit ces paroles remarquables : *Ils peuvent nous apprendre des vérités utiles; laissons-les se divertir, pourvu qu'ils respectent l'honneur des dames. Je ne suis pas pas fâché que l'on sache que sous mon règne on a pris cette liberté impunément.*

La liberté de la presse, ajoute l'historien qui rapporte ce fait, n'est-elle pas tout entière dans ces paroles? Car alors la publicité du théâtre était bien plus grande que celle des livres.

Le Grand Frédéric, qui sans faire tort aux rois passés, présens et futurs, s'entendait aussi bien qu'un autre dans l'art un peu difficile de gouverner, voyait un jour des fenêtres de son palais, un certain nombre de ses sujets assemblés pour lire un placard affiché sur un mur. *Va voir ce que c'est*, dit-il à un de ses pages. Il y court, revient, et d'un air embarrassé annonce au roi que c'est une diatribe contre lui. *Qu'on la place plus bas, ils la liront mieux*, répliqua le roi.

Le même, lorsqu'on lui annonçait que quelqu'un parlait mal de lui, répondait : A-t-il 200,000 hommes à ses ordres?

Voilà la liberté de la presse, et la confiance en soi-même que doit avoir un souverain. Nous pouvons en parler avec assurance, ces grands exemples sont chaque jour sous nos yeux, et nous répéterons avec un écrivain, un publiciste de nos jours :

« Jamais un monarque vraiment vertueux » ne s'est trouvé en possession de la puissance » souveraine, sans avoir désiré de modérer sa » propre autorité. Au lieu d'empiéter sur les » droits des peuples, les rois éclairés veulent » limiter le pouvoir qu'ils confient à d'autres » mains, et même celui de leurs successeurs. » Un esprit de lumière se fait toujours sentir, » suivant la nature des temps, dans tous les » hommes d'Etat de premier rang, ou par leur » raison, ou par leur âme. »

Tels sont encore les résultats et les bienfaits de la liberté de la presse

Monsieur A.

Sans la liberté d'écrire et de penser, ces ouvrage immortels sortis de la plume de nos grands hommes n'eussent jamais paru, et la France n'aurait point à se glorifier d'avoir donné naissance à Voltaire, et à tant d'autres écrivains qui nous ont arraché à l'ignorance et à la superstition.

Monsieur C.

Plus on lit leurs ouvrages, plus on s'instruit, plus on s'éclaire.

Monsieur D.

Nous devons savoir gré à ceux qui publient de

nouveau leur chefs-d'œuvre, et qui les mettent la portée de tout le monde. Autrefois, les gens fortunés pouvaient seuls s'instruire, et Voltaire est maintenant sur la table de l'artisan et sur le bureau de l'homme de lettre. On crie au au scandale, eh! laissons crier.

Sifflet des sots est trompette de gloire.

Monsieur B.

On annonce des ouvrages qui pourraient nous intéresser; procurons-nous-les, si vous m'en croyez: l'*Annuaire des Electeurs*; *le Nouveau Riche et le Bourgeois de Paris*, sur le même sujet; l'*Entretien d'un Electeur*; sachons ce qu'il peut se dire. Voici un titre piquant, *Aix-la-Chapelle, ses Reliques, et le Congrès*; j'ai entendu parler de cet ouvrage, on le dit purement écrit, bien pensé, il y a des choses neuves. *Les Événemens d'Avignon*, c'est bon à lire, on y connaît l'esprit de ces contrées. Ah! ah! *le Manuel des Braves*, ce bréviaire en vaut bien un autre, on ne saurait trop faire connaître les hauts faits qui ont illustré nos guerriers en les immortalisant. *Le Siége de Dantzick* peut être placé dans la même catégorie.

Que vois-je, pour paraître incessamment? *les Consciences des Gens de Lettres d'à-pré-*

sent, avec des tableaux composés de colonnes indiquant le degré de conscience, de talent et d'esprit....... Diable ! voilà qui fera du bruit ; comment l'auteur aura-t-il établi ce thermomètre ? ce doit être curieux : que de cris se feront entendre, que de prétentions vont être blessées ; messieurs les auteurs sont chatouilleux sur ce point, ce sera une guerre à mort ; allons, apprêtons-nous à rire : comme on va broyer du noir pour riposter au censeur ! Si vous voulez m'en croire, mes amis, en sortant de dîner nous nous rendrons chez le libraire, et nous acheterons ces différens ouvrages. (1)

Monsieur A.

Volontiers.

Monsieur C.

Mais, finissons notre punch.

Monsieur D.

Excellent avis à suivre !

Monsieur B.

Il ne s'agit plus que de payer et partir. Savez-vous, mes amis, que nous avons discuté de

(1) Ils se trouvent tous chez Plancher, libraire, rue Poupée, nº. 7.

grandes choses? En effet, notre séance avait l'air d'un *Petit Congrès*.

Monsieur A.

Et tout s'est passé tranquillement.

Monsieur C.

Vous serez de mon avis, j'en suis certain : la meilleure manière de traiter les affaires, c'est le verre à la main.

Monsieur D.

In vino veritas et delectatio.

Monsieur B.

Diable! du latin, notre ami?

Monsieur D.

Ma foi oui, voilà tout ce que j'en ai retenu.

Monsieur A.

Le précepte est bon, il faut par fois le mettre en pratique.

Monsieur C.

Partons.

Monsieur B.

Je lève la séance ; dans quelques jours nous nous reverrons à l'assemblée ; souvenons-nous que nous sommes *libéraux*, votons en conséquence, et agissons de concert pour faire triompher la cause du peuple, maintenir la

Charte et l'autorité de celui auquel nous la devons !

Ces Messieurs payèrent la cárte et sortirent ; ainsi finit le *Petit Congrès*. Disons avec eux, les souverains dansent à Aix-la-Chapelle, les alliés s'en vont, la vendange est bonne, divertissons-nous !

FIN.

Imprimerie de P. Gueffier, rue Guénégaud, n°. 31.

www.ingramcontent.com/pod-product-compliance
Ingram Content Group UK Ltd.
Pitfield, Milton Keynes, MK11 3LW, UK
UKHW021129230726
13926UKWH00002B/681